El avión de Ángela

Cuento • Robert Munsch
Ilustraciones • Michael Martchenko

annick press
Toronto • New York • Vancouver

quinta edición, septiembre 2006

Annick Press Ltd.

La Editorial Annick reconoce con gratitud el apoyo del
Consejo de Canadá y del Consejo de las Artes de Ontario.

Cataloging in Publication Data

  Munsch, Robert N., 1945–
    (Angela's airplane. Spanish)
    El avión de Ángela

  Translation of: Angela's airplane.
  ISBN 1-55037-189-4

  I. Martchenko, Michael. II. Title. III. Title: Angela's airplane.   Spanish

  PS8576.U58A82.8   1991   jC813'.54   C91-093482-7
  PZ73.M86Av   1991

Distribuido en Canadá por: Publicado en los E.E.U.U. por: Annick Press (U.S.) Ltd.
Firefly Books Ltd.   Distribuido en los E.E.U.U. por:
66 Leek Crescent   Firefly Books (U.S.) Inc.
Richmond Hill, ON   P.O. Box 1338
L4B 1H1   Ellicott Station
                    Buffalo, NY 14205

Printed and bound in China.

www.annickpress.com

a Candy Christianson

Ángela fue con su papá al aeropuerto y allí ocurrió algo terrible. Su papá se perdió.

Ángela lo buscó por debajo de los aviones, por encima de los aviones y a los lados de los aviones, pero no lo pudo encontrar en ninguna parte. Así que Ángela decidió buscarlo dentro de un avión.

Vio uno con la puerta abierta y subió la escalerilla, uno, dos, tres, cuatro, cinco, seis, justo hasta el final. Su papá no estaba allí. No había nadie.

Ángela nunca había estado en un avión. Delante había una silla con muchos botones a su alrededor. A Ángela le encantaba apretar botones, así que caminó hacia adelante, se sentó en la silla y se dijo a sí misma: "¿Qué pasaría si yo apretara sólo un botón? Creo que no pasaría nada. ¿Qué podría pasar?"

Entonces, despacito, despacito, apretó el reluciente botón rojo. Enseguida, la puerta se cerró.

Entonces Ángela se dijo: "¿Qué pasaría si yo apretara sólo un botón más? Creo que no pasaría nada. ¿Qué podría pasar?"

Entonces, despacito, despacito, apretó el botón amarillo. Enseguida, las luces se encendieron.

Entonces Ángela se dijo: "¿Qué pasaría si yo apretara sólo un botón más? Creo que no pasaría nada si aprieto sólo uno más. ¿Qué podría pasar?"

Entonces apretó el botón verde. Enseguida, el motor arrancó: BRUM BRUM BRUM BRUM.

"¡Ay, ay, ay!" exclamó Ángela, y apretó todos los botones a la vez. El avión despegó y salió volando.

Cuando Ángela miró por la ventanilla, vio que ya estaba volando muy alto en el cielo. No sabía cómo iba a descender. La única solución era apretar un botón más. Entonces, despacito, despacito, apretó el botón negro. Era el botón de la radio. De pronto se oyó una voz en la radio que decía: —¡Ladrón, devuelva ese avión que ha robado!

Y Ángela respondió: —Yo me llamo Ángela y sólo tengo cinco años y no sé nada de volar aviones.

—¡Dios mío! ¡Qué lío! —contestó la voz—. Entonces escúchame muy bien, Ángela. Agarra el timón y dale vuelta hacia la izquierda.

Ángela le dio vuelta al timón. Lentamente, el avión empezó a hacer un gran círculo hasta colocarse sobre el aeropuerto.

—¡Muy bien! —dijo la voz—. Ahora, jala el timón hacia ti.

Ángela jaló el timón. Lentamente, el avión bajó sobre la pista. La golpeó y rebotó. La golpeó otra vez y rebotó de nuevo. De pronto, un ala golpeó el suelo y todo el avión se quebró en mil pedazos.

Ángela quedó sentada en la pista y sin el menor rasguño.

Toda clase de coches y camiones salieron de la terminal a toda velocidad.

Había ambulancias, coches de policía, camiones de bomberos y autobuses. Y también mucha gente vino corriendo, y delante de todos ellos estaba su papá.

Él levantó a Ángela en sus brazos y le dijo:

—Ángela, ¿estás bien?

—Sí, estoy bien —contestó Ángela.

—¡Ay, Ángela! Pero mira el avión. Se ha hecho mil pedazos —le dijo su papá.

—Ya veo —dijo Ángela—, pero lo hice sin querer.

—Bueno, Ángela, me prometes que nunca más volarás un avión —le dijo su papá.

—Sí, te lo prometo —respondió Ángela.

—¿Segura? —le preguntó su papá.

Entonces, Ángela contestó con todas sus fuerzas:

—¡Te lo prometo! Sí, te lo prometo.

Y en verdad Ángela no voló un avión por mucho tiempo. Pero cuando creció, no fue una doctora, no fue una camionera, no fue una enfermera o una secretaria. Ella fue una aviadora.

Otros títulos por Robert Munsch publicados en español:

La princesa vestida con una bolsa de papel
El muchacho en la gaveta
El papá de David
Agú, Agú, Agú
Los cochinos
El cumpleaños de Moira
La estación de los bomberos
Verde, Violeta y Amarillo
La cola de caballo de Estefanía
Algo bueno
¡Tengo que ir!
El traje de nieve de Tomás

Otros libros en inglés de la serie Munsch for Kids:

The Dark
Mud Puddle
The Paper Bag Princess
The Boy in the Drawer
Jonathan Cleaned Up, Then He Heard a Sound
Murmel, Murmel, Murmel
Millicent and the Wind
Mortimer
The Fire Station
David's Father
Thomas' Snowsuit
50 Below Zero
I Have to Go!
Moira's Birthday
A Promise is a Promise
Pigs
Something Good
Show and Tell
Purple, Green and Yellow
Wait and See
Where is Gah-Ning?
From Far Away
Stephanie's Ponytail
Munschworks: The First Munsch Collection
Munschworks 2: The Second Munsch Treasury
Munschworks 3: The Third Munsch Treasury
Munschworks 4: The Fourth Munsch Treasury
The Munschworks Grand Treasury